LOUIS RAYMOND

Le Livre d'Heures

DU SOUVENIR

> Elle avait les yeux baissés, comme ceux qui regardent en eux-mêmes ou dans le passé, ces deux gouffres noirs sur lesquels nous nous plongeons vainement pour ressaisir les rêves de la vie.
>
> J. BARBEY D'AUREVILLY.

PARIS

BIBLIOTHÈQUE DE LA PLUME

31, rue Bonaparte, 31

1896

Le Livre d'Heures
DU SOUVENIR

LOUIS RAYMOND

Le Livre d'Heures

DU SOUVENIR

POÈME

PARIS
BIBLIOTHÈQUE DE LA PLUME

31, rue Bonaparte, 31

1896

A

HENRI DE RÉGNIER

PROLOGUE

L'AUBE lumineuse à peine et son décor
    brumal que la nuit récente attriste encor.
Les Heures, en leurs robes mauves drapées,
passent ; des cloches pleurent leurs mélopées.
Les Amants d'hier que l'ombre sépara
s'accueillent à l'heur du retour et leurs bras
ont des gestes rythmeurs de paroles graves.
L'Aurore les escorte de rayons flaves.
D'opaques voiles, par les Regrets ourdis,
à leurs yeux, rouges des larmes de jadis,
dérobent la lumière qui va paraître.
Leurs âmes douloureuses sont tristes d'être.

****

Le midi fulgurant a dispersé les brumes
qui faisaient l'horizon noir aux yeux des Amants.
Sur la mer qui s'émeut d'un blanc remous d'écume
où s'enfonce, en hurlant, la horde des Tourments,
les Amants ont vu resplendir l'astre attendu.
La Vie, en eux, exulte en appels éperdus.
La voile s'enfle, large ouverte, sous le vent
où frissonne un espoir de palmes et de joies
et les Amants, les yeux éblouis, à l'avant
du vaisseau, fixent l'astre et marchent dans sa voie.

I

Ce cœur, malgré notre passé resté le même,
   peut encor s'entrouvrir au cri de ta détresse
et t'accueillir encore, ô ma sœur en Tristesse !
qui pleures, comme moi, la mort de ce que j'aime.

Le Destin qui, jadis, nous unit, t'exila
longtemps, de par les routes vagues de l'oubli ;
mais en dépit du temps qui d'ombre le voila,
ton souvenir, en moi, ne s'est pas aboli.

Et voici que, meurtrie et lasse de la lutte,
ton âme, en sa douleur, de moi s'est souvenue
et, comme une colombe, au gîte revenue,
je l'accueille, à jamais oublieux de sa chute.

Je ne saurai plus rien des heures d'autrefois,
si ton seul repentir ne les peut effacer,
que les souffrances dont tes yeux gardent l'effroi
en l'azur assombri de leurs miroirs glacés.

Je ne garderai rien d'hier, en ma mémoire,
que le cher souvenir des minutes trop brèves,
car l'Espoir, de ses mains, a ravivé le rêve
qui pâlissait au ciel lointain de notre gloire.

II

LE Souvenir qui veille au seuil de la demeure
où tu reviens encore, après bien des années,
t'accueille et, de sa main lasse qui retient l'Heure,
t'offre ses fleurs, aux routes d'autrefois glanées.

Vers la demeure close où son geste t'invite,
le crépuscule a dispersé l'ombre propice.
Si ton âme est joyeuse et que le deuil l'irrite,
passe sans t'arrêter à ses calmes délices.

Mais si ton âme est triste et qu'elle saigne encore,
Viens, respire ces fleurs de larmes arrosées
et qu'aux parfums de leurs corolles, s'édulcore
la peine qui se mire au lac de tes pensées.

Viens, je sais des chemins de soir et de silence
où l'écho détenteur des paroles perdues,
secouant des jours morts la lourde somnolence,
fera chanter pour nous les Voix qui se sont tues.

Et je sais des baisers purs comme l'eau des sources
où s'abreuva d'espoir ma fière solitude
et des haltes de rêve, après les longues courses
au pays des Douleurs et de l'Inquiétude.

Nous serons les enfants puérils au cœur grave
qui passent, en chantant de douces cantilènes
et s'en vont, sans que rien les presse ou les entrave,
vers l'éternelle paix endormeuse des peines.

III

Tu m'apparus au seuil de la jeunesse grave
    où t'espérait ma solitude et tu devins
la Maîtresse et la Sœur à la parole grave,
aux chères lèvres apaiseuses de chagrins.

Tu fus joyeuse de ma joie et, sur ta bouche
riante d'un espoir de bonheurs entrevus,
je bus, avec l'oubli des Autrefois farouches
l'enchantement futur des rêves inconnus.

Tu pleuras avec moi les lentes agonies
de mes désirs, tu fus triste de ma douleur
et les réveils d'après nos extases finies
firent naître la même angoisse en nos deux cœurs.

Et, quand mon âme te parut lasse de vivre
les jours calmes de nos tendresses, tu m'appris
l'âpre douleur qui régénère et qui fait vivre
et je connus ce que je n'avais pas compris.

Tu fus l'Initiatrice dont ma mémoire
se souviendra, malgré les mensonges des ans,
et que j'évoque, en sa longue robe de moire,
par delà les Hiers de mes graves vingt ans.

IV

L'ame de la Cité tremble vers le ciel bleu
    dans un murmure lent de cloches balancées.
Voici la route blanche, à l'aube traversée
quand je t'aimais beaucoup, quand tu m'aimais un peu.

Voici, comme autrefois, les places et les rues
dont les vieilles maisons nous regardaient passer ;
ton bras, plus doucement, pèse à mon bras lassé
et ma voix grave dit les Heures disparues.

Et les vieilles maisons sont tristes comme nous,
avec leurs volets clos et leurs toits en terrasses ;
les oiseaux qui chantaient sur les arbres des places
ont fait se taire, en nous voyant, leurs trilles fous.

Et le vent, vers la mer, emporte les paroles
que je répète encore et que tu n'entends pas.
La foule des Regrets a surgi sous nos pas
d'entre les durs pavés verdoyants d'herbes folles.

. . . .

La vieille Ville morte dort sous le ciel bleu,
mais ses cloches d'accueil tintent pour ta venue,
ô Mienne d'aujourd'hui ! qui t'es ressouvenue
que je t'aimai beaucoup, que tu m'aimas un peu.

En mémoire d'hier, la vieille Ville morte
offre son ombre au soir douloureux des Amants.
Ma lèvre a bu la paix de tes baisers fervents
et mon âme, à t'aimer, redevient fière et forte.

Si ton cœur au passé lointain s'était fermé,
laisse-le s'entrouvrir et souviens-toi, sans haine,
car les regrets sont doux et la souffrance est saine,
qui nous accueilleront où nous avons aimé.

V

Les jets d'eau qui sont las d'exalter vainement
leurs désirs vers le ciel qu'un peu de brume masque,
les grands jets d'eau se laissent choir plus lourdement
sur le marbre sonore où s'incurvent les vasques.

En le parc automnal hanté de leurs sanglots,
le Sourire se glace aux lèvres des statues,
et ton rire factice, ô Mienne ! sonne faux
dans le silence où les Paroles se sont tues.

Soyons silencieux et graves. N'as-tu pas
vu marcher, devant nous, deux Formes long voilées
qui s'en allaient, lentes et précédant nos pas,
et semblaient nous vouloir guider par les allées.

2

Soyons silencieux et laisse seulement
se resserrer l'étreinte de mes mains qui tremblent ;
soyons silencieux et suivons un moment
les deux Formes qui, l'une et l'autre, nous ressemblent.

Ou plutôt, laissons-les se perdre aux longs détours
où nous aimions, jadis, nous égarer comme elles.
Rentrons, l'Angoisse rôde en cette fin de jour
et j'ai senti sur nous l'effroi de ses prunelles.

Rentrons en la demeure claire aux volets clos,
le soir est triste et dans le parc que l'ombre masque,
les jets d'eau familiers font vibrer leurs sanglots
sur le marbre sonore où s'incurvent les vasques.

VI

La chambre d'ombre, en la demeure désolée,
surgit à la splendeur des clartés révélées
par ton geste entrouvrant les volets longtemps clos.
La console de marbre et ses vains bibelots
sur qui neigèrent les pétales des fleurs mortes,
les portraits accrochés aux murs et sur les portes,
le clavecin, sonore aux baisers de tes doigts,
et les miroirs gardiens des reflets d'autrefois
ont dédié mon âme aux nostalgiques gloires
que n'émeut nul désir des charnelles victoires.
Mes lèvres, effleurant d'un sororal baiser
ton front pâle, jusqu'à tes lèvres n'ont osé
faire trembler l'essor des voluptés anciennes;
J'ai pris tes mains, toutes petites, dans les miennes
et nous avons senti comme un apaisement
très doux descendre en nos deux âmes, lentement,

à regarder, ainsi, les choses familières
s'impréciser en le déclin d'une lumière
qui venait, faible et lasse, agoniser, vers nous.

Ce soir-là, j'ai pleuré, longtemps, à tes genoux.

VII

Par un soir automnal de rêve et de silence
   hanté du friselis des feuilles affolées,
par un soir de clôches sonnant à la volée
le glas quotidien des vaines Apparences,

par un des derniers soirs où l'on s'attarde au charme
des longs repos, au seuil des portes entrouvertes,
où le baiser, tremblant vers les lèvres offertes,
s'alanguit d'un regret avant-coureur de larmes,

nous prendrons, si tu veux, la route familière
que nos pas, lors des soirs d'autrefois, ont tracée
et qui serpente, au flanc du mont, presque effacée,
emmi les ronces meurtrisseuses et les pierres.

Et nous y chercherons, sous les branches touffues
des arbres, la retraite où tu t'es reposée ;
à la source par qui ta soif fut apaisée,
tu puiseras l'eau claire au creux de tes mains nues.

Là, nous redeviendrons les Amants que nous fûmes,
lors des soirs d'autrefois, cependant qu'en la plaine,
comme un écho de nos paroles moins lointaines,
la voix des cloches tintera, parmi les brumes.

*
* *

Or, nous avons quitté la Ville, quand le Soir
heurte de son bâton au seuil du porche noir
où le Souvenir tresse, avec ses fleurs fanées,
des guirlandes au front de nos jeunes années.

Et, graves de savoir les Destins advenus,
en le soir automnal, nous sommes revenus
jusqu'à la source où l'eau miroite sous la lune.
Nous avons écarté les branches, une à une,

mais leurs rudes baisers ont fait saigner nos mains ;
nos pieds se sont meurtris aux pierres du chemin
et voici que, déjà, ton âme lasse, pleure
d'avoir quitté le seuil calme de la demeure.

L'heure est pourtant semblable à l'heure d'autrefois
et la source d'eau claire, avec sa même voix
berceuse, du rocher ruisselle goutte à goutte,
et les herbes, sous les arbres tendus en voûte,

semblent avoir gardé l'empreinte de nos corps,
et les cloches, au loin, de leurs mêmes accords
tintent l'adieu d'un angélus à la lumière.
Mais le prestige est vain d'une ombre coutumière

que hante le seul regret de l'amour enfui
et nous nous retrouvons, tristes d'un même ennui,
ici, comme là-bas, et, sans que ma lèvre ose
implorer le baiser de ta lèvre morose,

vers la Ville d'où, graves, nous étions partis,
nous voici revenir, plus las et plus meurtris,
par le rude chemin de ronces et de pierres
sur qui la lune pleure une pâle lumière.

VIII

J'ai cueilli pour ton cœur aux jardins du Passé
   les fleurs d'amour que ton Destin y fit éclore
et je suis revenu, du soir vers ton aurore,
par les mêmes chemins où nous avions passé.

Mes mains lourdes du poids des gerbes embaumées
ont couronné ton front de la candeur des lys.
J'ai fleuri tes grands yeux des rêves abolis
qui sommeillaient au sein des roses refermées.

Pour ta lèvre où le vol alangui des baisers
dormait, ivre du vin des mauvaises paroles,
j'ai ravi les parfums célés en les corolles,
les parfums susciteurs des désirs apaisés.

Vainement j'ai bercé, des subtiles fragrances
de ma moisson, ton cœur par l'Autrefois meurtri ;
les roses et les lys sous mes doigts refleuris
se sont fanés aux vents âpres de la souffrance.

Les rêves anciens que tu ne savais plus,
je les ai vainement suscités pour ton âme
en tes yeux qui sont le crépuscule sans flamme
où leur essor s'épuise en efforts superflus.

La gerbe était trop lourde à mes mains impuissantes
qui n'osent plus vers ta Beauté leur geste vain
et ses fleurs mortes, maintenant, sur le chemin
où nous allons, vers l'inconnu de quels demains ?
hantent de leurs parfums amers l'aube naissante.

IX

Les Jours passent, en leurs robes multicolores,
les uns vêtus de soir et les autres d'aurore,
sur un rythme alangui de musiques lointaines
évoquant, tour à tour, des rires et des peines,
les Jours passent, en leurs robes multicolores.

Les Jours ont le front ceint du mensonge des Heures
qu'une à une, leurs mains neigent vers la demeure,
et tristes au miroir éteint de la Mémoire
que ravive un reflet de quelque ancienne Gloire,
ils mirent leur front ceint du mensonge des Heures.

Avec des gestes d'une grâce surannée,
voici passer les Jours des défuntes Années ;
sous le voile baissé des paupières blémies,
leurs yeux cèlent encor des flammes endormies
et leurs gestes ont une grâce surannée.

'Graves, portant le vierge Espoir en leurs mains fortes,
voici les jours futurs, enfants des Aubes mortes.
Tout ruisselants du sang des batailles premières,
ils viennent, rayonnant des torrents de lumière
et, gravement, portent l'Espoir en leurs mains fortes.

***

O Mienne ! toi qui sais nos souffrances passées
et quels deuils attristèrent nos âmes blessées,
lorsque nous atteindrons le seuil de la demeure,
tu te rappelleras le mensonge des Heures,
ô Mienne ! toi qui sais nos souffrances passées !

Et, quand les cloches sangloteront l'agonie
des Hiers, avec leurs voix de mélancolie
ayant le charme des paroles entendues,
tu te rappelleras les ivresses perdues
dont les cloches auront sangloté l'agonie.

Les Jours futurs viendront heurter à notre porte
et je prendrai l'Espoir qui tremble à leurs mains fortes
pour dessiller tes yeux anx paupières blémies
et raviver en toi les flammes endormies.

Quand les Heures viendront heurter à notre porte,
nous fuirons l'âtre où nous rêvions de leurs sœurs mortes:
et nous suivrons l'Espoir qui tremble à leurs mains fortes.

X

Au bord de cette route arrêtons-nous, l'Angoisse
qui nous suivait, là-bas, a perdu notre trace.
O Mienne ! l'heure est douce et dans le vent qui passe
frissonne l'angélus lointain d'une paroisse.

Les mousses que nuls pas, avant nous, n'ont frôlées
seront pour cette nuit, la couche nuptiale
où nous accueillera l'extase triomphale,
cette suprême paix des âmes désolées.

Tes grands yeux, dans le soir, luisent comme des astres.
O Mienne ! auprès de toi je ne crains rien de l'ombre.
Au geste de tes mains frêles, mon Passé sombre
dans une mer de deuils où hurlent des Désastres.

Je marche en la clarté que ton être rayonne
vers les demains d'amour auxquels tu me convies,
car ton âme, aux splendeurs des rêves de ta vie,
a dédié l'Espoir de mon cœur qui s'étonne.

Voici la bonne halte où l'on s'attarde ensemble
sur le seuil des demains tout bruissants de luttes ;
voici la halte, sous les palmes où des flûtes
chuchottent leurs désirs vers la lune qui tremble.

Voici la bonne halte au gai repos, écoute ?
un angélus lointain frissonne par l'espace.
Voici la bonne halte chère aux âmes lasses,
ô Mienne ! arrêtons-nous au bord de cette route ?

XI

J'AI cueilli pour ton cœur aux jardins de l'Automne
les lourds pampres mûris aux feux de la Douleur
et je suis revenu, triomphal vendangeur
aux mains rouges encor des larmes de l'Automne
te verser le vin pur en qui l'Espoir rayonne.

Vierge, Demain se mire en le cristal des coupes
où tes lèvres boiront l'oubli du Passé mort.
A la porte de l'aube où l'ombre veille encor,
la Chimère hennit, qui doit nous prendre en croupe.

O regarde ! voici s'essorer par l'espace
les vols tourbillonnants des oiseaux migrateurs.
Regarde ! leurs blancs triangles indicateurs
ne sont plus qu'un point clair et lointain qui s'efface.

Laisse-là ta tristesse, ô Mienne ! sur le Fleuve
où les gondoles rêvent de prochains départs,
les vaisseaux font, déjà, comme des étendards,
à leurs mâts pavoisés claquer les voiles neuves.

La mer que les baisers du vent ont réveillée
se moire de frissons et hurle son désir
vers ton cœur qui s'attarde à de vains souvenirs
en les chemins jonchés des roses effeuillées.

Va ! que sur les flots, propices à ta venue,
ton vaisseau vogue, au gré de ton nouveau Destin,
en la splendeur éblouissante d'un matin
de clartés, vers l'Espoir des Heures inconnues.

Quitte la Ville où, sur le seuil de la demeure,
ta souffrance s'avive à la voix du Passé
et que la vision des mondes traversés
fasse pâlir le vain mirage qui te leurre.

Alors, quand tu seras Celle que tu dois être,
reviens ! et que ton cœur victorieux et fier
d'avoir, enfin, su renier l'amour d'hier
accueille mes demains au culte de ton Etre.

XII

J'IRAI sur les flots d'ombre où sillent les gondoles,
jusqu'à la mer ; mon âme ivre d'immensité
est lasse de mirer son Espoir attristé
aux éternels flots d'ombre où sillent les gondoles.

J'irai jusqu'à la mer que ton geste désigne
et, loin de la Cité dont les hautes maisons
font pleuvoir de la nuit au plumage des cygnes,
j'élargirai mon âme aux vastes horizons.

Resplendissante et chaste et veillant à la proue,
je guiderai l'esquif, par les soirs inconnus,
sur les flots de la mer où, rieuse, s'ébroue
la troupe impure des Sirènes au corps nu.

J'ornerai mes cheveux de splendeurs et d'étoiles ;
mes yeux clairs radieront des rêves affolants
et, devant moi, comme un essor de blanches voiles,
palpitera le vol troublé des goëlands.

Et les vents m'apprendront les paroles savantes
dont ils bercèrent mon antique Désespoir,
pour disperser les mensongères Epouvantes
en lourds effarements de corbeaux vers le soir.

Lors, je t'apparaîtrai, rayonnante de flammes,
sur la Rive où ton cœur garde mon souvenir
et, grave, comme hier, j'accueillerai ton âme
au prestige naissant des Rêves à venir.

XIII

Ta main frêle a guidé le navire d'Espoir
    hors le port d'où, longtemps, j'ai suivi son sillage,
taciturne veilleur que les oiseaux de soir
ont frôlé de leurs ailes de mauvais présage.

Voici déjà, sur moi, les ombres de la nuit
et voici, dans mon cœur, les ombres de l'absence.
J'ai vu, guidés par la main lasse de l'Ennui,
les vieux Remords rôder autour de mon silence.

Une voix de jadis se traîne jusqu'à moi,
sur les flots frissonnants des tempêtes prochaines.
En la Ville endormie où veille mon effroi,
le Passé, dans sa tombe, a secoué ses chaînes.

O Mienne ! l'heure est lente et, bien lointain encor
le matin où, glissant sur les vagues domptées,
lent et majestueux, ton vaisseau, dans le port
rapportera la paix à mon âme attristée. —

O Demains inconnus de Ceux que nous serons !
Demains ! quand reviendra la Seule en qui j'espère,
d'un juste et fier orgueil vous nimberez nos fronts
et vous nous guiderez aux routes de lumière.

Au chemin triomphal par où tu viens à moi,
   victorieuse enfin de tes Destins moroses,
j'ai neigé sous tes pas les corolles décloses
de mes désirs troublés d'un virginal émoi.

Et mes mains pour le bon accueil se sont tendues,
et ma voix a sonné vers ta chère Beauté
le glas, en nous, de ceux que nous avons été,
car tu es l'Avenir ! car tu es l'Attendue !

Tu es Celle qui sait le vain leurre des soirs,
qu'attristait le regret des Heures en allées,
des soirs d'angoisse où les Douleurs mal consolées
se ruaient à l'assaut de nos faibles vouloirs.

Tu es Celle qui sait les furtives étreintes,
les sanglots dérobés et les rires menteurs,
les désillusions folles et les rancœurs
d'après les cris d'amour et les caresses feintes.

Or, comme tu pleurais d'avoir su tout cela,
l'Espoir a, de ses mains, dessillé tes paupières
et, sur la mer, en le clair matin de lumières,
tu t'en fus, avec lui, vers d'autres au-delà.

Tu t'en fus et voici que tu reviens, ô Mienne !
et tes yeux pleins encor de l'éblouissement
des horizons, tes yeux, miroirs de nos Tourments
ne sont plus irrorés des larmes anciennes.

Au chemin triomphal par où tu viens à moi,
l'Espoir te précéda de ses vols de colombes ;
ses mains porteuses de clartés ont, vers les combes,
fait s'enfuir la horde hurleuse des Effrois

Splendeurs ! Vers ta Beauté qu'un chaste orgueil avive,
mon amour a clamé son désir virginal.
En mon cœur qui s'émeut vers le soir nuptial,
tout mon sang rajeuni roule comme une eau vive.

Viens ! Tu seras l'Epouse et je serai l'Epoux
et, dédaigneux enfin des Causes puériles,
nous irons, loin des foules et loin de la Ville,
en la Forêt qui se refermera sur nous,

en la Forêt, immense et belle plus encore
que la mer d'où l'Espoir avec toi m'est venu,
où les oiseaux chanteurs de rythmes inconnus
propitieront nos cœurs à la nouvelle Aurore.

O Passé ! vain amas des Hiers oubliés,
nous avons fui la Ville où ton culte agonise.
Nous voici sur le seuil ds la Terre promise
où la Vie a neigé ses roses à nos pieds.

Nous voici sur le seuil des lendemains à vivre,
forts de tout notre orgueil envers d'autres Destins ;
et forts aussi d'avoir souffert, aux jours lointains,
nous allons vers la Vie. O vivre ! vivre ! vivre !

TABLE

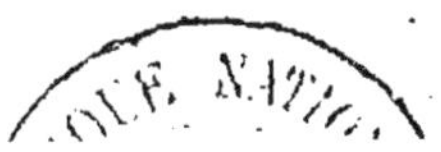

Annonay. — Imp. J. ROYER.

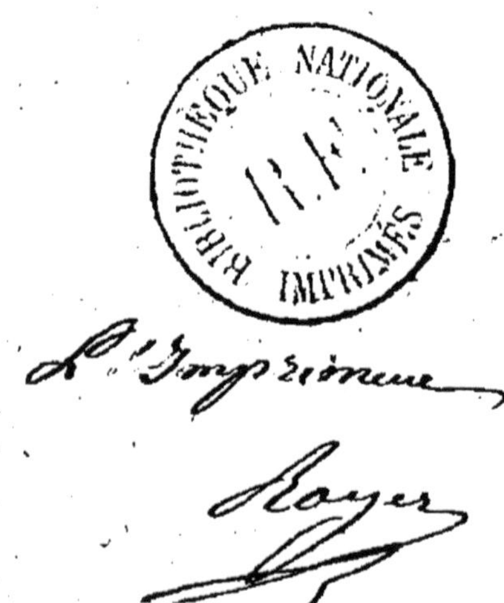

www.ingramcontent.com/pod-product-compliance
Ingram Content Group UK Ltd.
Pitfield, Milton Keynes, MK11 3LW, UK
UKHW021012120726
13693UKWH00005B/1941